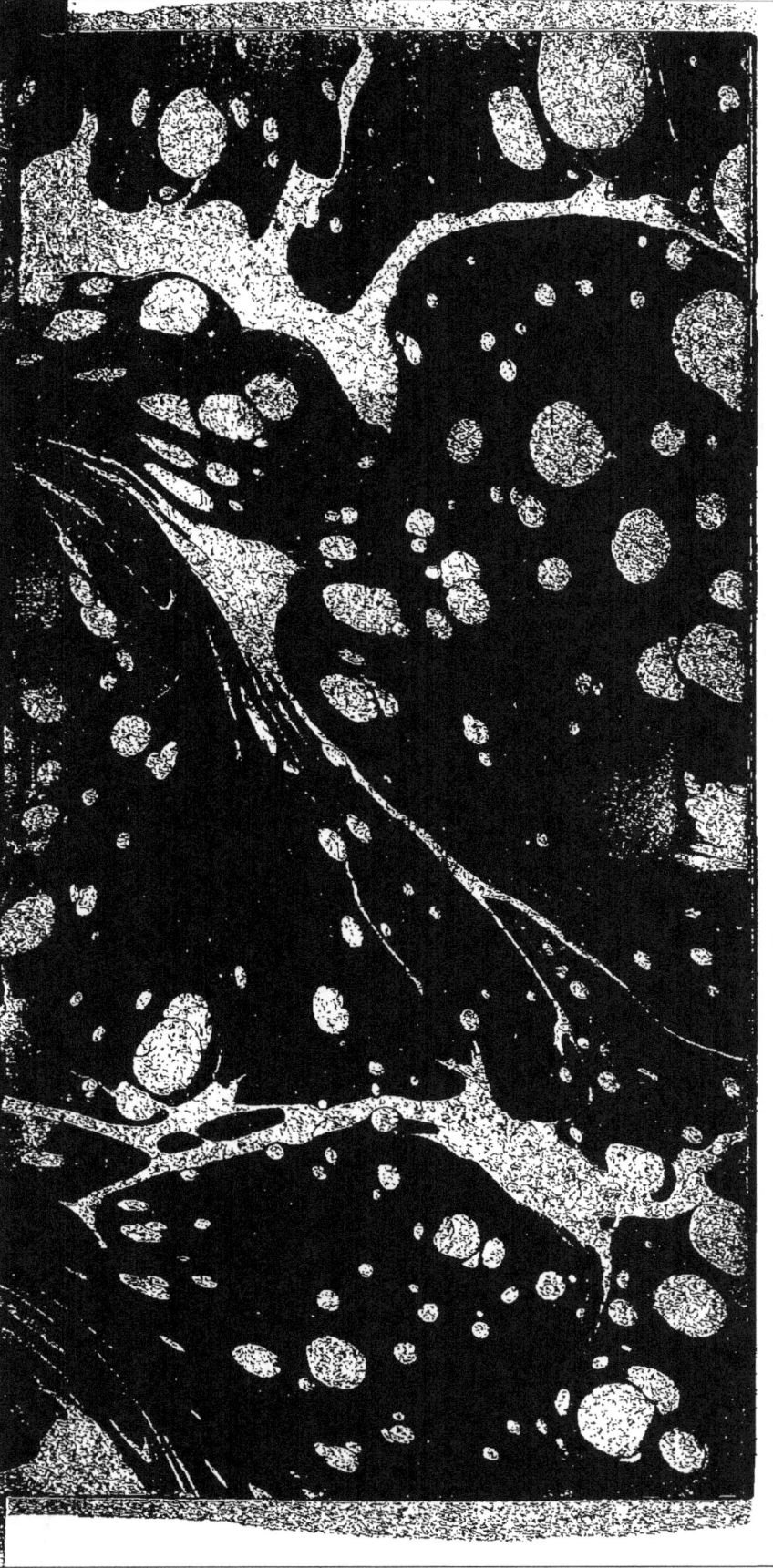

Cat: deuyou: 17780.

P. Pickaart F.

L'IMPROMPTU

DE LA

GARNISON

DE

NAMUR,

COMEDIE.

Eadem libertate

A AMSTERDAM,

Chez PAUL MARRET, dans

le Beurs-Straat, à la Renommée.

M. DC. XCIV.

ACTEURS.

CLITANDRE, Officier François.

MERLIN, Valet de Chambre de Clitandre.

ARAMINTE.

ANGELIQUE, Niéce d'Araminte.

DOM JULIEN, Officier Espagnol.

MARTON, Fille de Chambre.

GRIFFON, Notaire.

LA VERDURE, Sergent.

RICOCHET, Valet d'Araminte.

La Scéne est à Namur.

L'IM.

L'IMPROMPTU
DE LA GARNISON
DE
NAMUR,
COMEDIE.

ACTE PREMIER.
SCENE I.

MARTON, CLITANDRE, MERLIN.

MARTON.
QUe demandez-vous ici , Monſieur?
CLITANDRE.
Ce que je demande , Marton.
MARTON.
Vous me connoiſſez donc à ce que je voi.

A 3   CLI-

CLITANDRE.

Si je te connois !

MARTON.

Ah ! ah ! c'eſt vous, Monſieur Clitandre ? Vous étiez Abbé à Paris & un éveillé petit-collet, je ne ſay ce que vous étes avec une épée. Vous étes de nôtre nouvelle Garniſon apparemment. Eſt-ce à moi que vous venez rendre viſite ?

CLITANDRE.

Il faut te parler naturellement : le jour que nous priſmes poſſeſſion de la Ville, ta Maîtreſſe me parut toute charmante : je cherchai l'occaſion de te parler : Heureux, ſi, puis que cette Place eſt nôtre Conquête, le Cœur de ta Maîtreſſe pouvoit devenir la mienne !

MARTON.

Comment Diantre ! Vous étes auſſi prompt à prendre de l'amour qu'à prendre des Villes.

CLITANDRE.

Je veux que tu t'intéreſſes pour moi. Commence par prendre ces dix Louis.

MARTON.

Non, Monſieur, je ne ſuis point intéreſſée.

MER-

MERLIN.

Ma foi! Monfieur , cela vaut davantage. Mettez trente piftoles : comme elle n'eft pas interefée , elle en prendra plûtôt trente que dix.

MARTON.

Que puis - je faire pour vôtre fervice ? quoi que Flamande , j'ai les inclinations Françoifes , & je fuis la perfonne de Flandre la plus employée.

CLITANDRE.

Il s'agit de me bien mettre dans le cœur de ta Maîtrefe.

MARTON.

Ce qui m'embarafe , c'eft qu'il y a un certain Efpagnol qui depuis deux années eft amoureux de ma Maîtrefe.

MERLIN.

Cela eft fort embarafant ! Il fera bien difficile à un François de faire déguerpir un Efpagnol , n'eft-ce pas ?

MARTON.

Voicy ma Maîtrefe & la vôtre.

A 4 SCE-

SCENE II.

ANGELIQUE, MARTON.

ANGELIQUE.

Marton, que veut ce jeune homme à qui vous parliez ?

MARTON.

Rien, Mademoiselle, je l'ay connû en France, c'est un Seigneur des plus riches : sa phisionomie ne me trompe point, il vient de me donner trente pistoles.

ANGELIQUE.

Trente pistoles! & dans quelle veuë?

MARTON.

Dans la veuë de me faire plaisir. Les François semblent faits pour l'Amour & pour la Guerre.

ANGELIQUE.

Les trente pistoles vous rendent éloquente.

MARTON.

Il me souvient que le jour que les Troupes entrérent dans nôtre Ville,

vous

vous en aviez remarqué un plus que
les autres.

ANGELIQUE.

Ah, Marton ! c'eſt juſtement celuy
qui te parloit.

MARTON.

Ma foy, j'en ſuis bien aiſe.

ANGELIQUE.

Mais que dira-t-on, ſi j'aime déja
un François ?

MARTON.

On dira que vous étes de bon goût.
Tenez le voici : Il eſt François : Il
ſait profiter de l'occaſion.

SCENE III.

CLITANDRE, MARTON, ANGELIQUE, MERLIN.

CLITANDRE.

C'Eſt icy une de ces avantures qui
déconcertent un Cavalier. Hé !
hé ! comment oſer vous appren-
dre ce que mon cœur ſent pour vous ?
je crains trop de m'attirer vôtre colére,
Marton ſera l'interpréte de mon cœur.

A 5 MAR-

MARTON.

Vous me faites donc vôtre Plénipo-
tentiaire abſolu. Par ma foy ! vous
avez raiſon. Abrégeons les choſes.
Dites à Mademoiſelle que vous l'ai-
mez : Répondez à Monſieur que vous
ne le haïſſez point. Voilà le réſultat
de la converſation.

ANGELIQUE.

Les François ont la reputation d'ê-
tre inconſtans.

MERLIN.

Oh ! Madame, nous ne ſommes pas
François par cet endroit là.

ANGELIQUE.

Mais comment ferons-nous, Marton ?

MARTON.

Il faut tromper vôtre Tante & nous
débaraſſer de vôtre Eſpagnol, les Eſ-
pagnols gardent mieux les Femmes
que les Villes.

MERLIN.

Mais s'il y a des François pour
prendre leurs Villes, il y a des Mar-
tons pour enlever leurs Femmes.

MARTON.

Mais toi qui fais le raiſonneur, és-tu
bon à quelque choſe ?

MERLIN.

Tu n'as qu'à me mettre à l'épreuve.

Je

Je m'appelle Merlin afin que tu le sa-
ches.

MARTON.

Tu és un de ces Merlins?

MERLIN.

Tu vois le Chef de la Famille, mon
Enfant! Tout retentit de mon savoir
faire. Faut-il épuiser la bourse d'un
Vieillard, c'est à Merlin à qui l'on
s'adresse? Voit-on des Tantes attra-
pées par de jeunes Niéces, c'est Merlin qui a fait le coup? Et à l'heure
qu'il est j'ay à Paris vingt Garçons qui
travaillent en mon absence.

MARTON.

Retirez-vous, nous n'avons pas de
temps à perdre.

SCENE IV.

MERLIN, MARTON.

MERLIN.

JE suis heureux, Madame Marton,
d'être employé dans une affaire que
vous prenez si fort à cœur.

MAR-

MARTON.

Mon bonheur eſt grand , Monſieur Merlin , d'avoir à travailler ſous une perſonne comme vous : mes lumiéres ont beſoin des vôtres , Monſieur Merlin.

MERLIN.

Nous travaillerons à frais communs, & par parenthéſe , vous avez receu déja trente piſtoles. Il faut......

MARTON.

Oh ! Monſieur Merlin , je ſuis vôtre Servante , je les garde. C'eſt ſur nouveaux frais qu'on nous employe.

MERLIN.

Mais vous voyez bien.......

MARTON.

Oh ! mon Enfant , point de méſintelligence entre des Alliez ; cela fait manquer les entrepriſes , ſongeons à nos deſſeins.

MERLIN.

Qu'eſt-ce que la Tante en queſtion ?

MARTON.

C'eſt une vieille Fille de mauvaiſe humeur qui ſe croit jolie ; elle veut être mariée.

MERLIN.

Ouy ! vous voulez bruſquer les Nôces , Madame nôtre Tante , oh ! par ma foy ! j'en ſuis bien aiſe. Laiſſe moi

moi faire. Je veux attraper son bien & la faire mourir fille de plus. Un des habits de mon Maître! L'affaire est dans le sac. Venons à l'Espagnol. Quel homme est-ce ?

MARTON.

C'est un Espagnol qui s'appelle Dom Julien Officier de nôtre défunte Garnison ; Voicy nôtre Tante.

SCENE V.

ARAMINTE, MARTON. MERLIN.

ARAMINTE.

Que veut ce Garçon, Marton ?

MARTON.

Il ne veut rien , Madame , c'est vous qu'il demande.

MERLIN.

Ouy, Madame , je venois voir, si vous étiez visible; puis que vous voilà, je comprens bien qu'ouy. Je vais rendre réponse.

ARAMINTE.

C'est le Valet de quelque Officier Fran-

François , Marton , je ne suis point fâchée que les François soient icy. Nous aurons toûjours nouvelle compagnie.

MARTON.

Ma foi ! Madame , je les trouve fort jolies gens.

ARAMINTE.

Ah ! ma pauvre Marton !

MARTON.

Seriez - vous amoureuse de quelque François ?

ARAMINTE.

Je ne suis amoureuse de personne en particulier.

MARTON.

Ah ! j'entends , vous en voulez à toute la Nation. Tenez-vous un peu, Madame ; Ah ! la belle phisionomie de Femme ! tenez , Madame , vous ressemblez à l'Empereur Trajan comme deux goutes d'eau.

ARAMINTE.

Est-il possible ?

MARTON.

Si vous vouliez seulement faire un petit brin de barbe , vous deviendriez Marquise Françoise. Montrez-moy vôtre main , j'ay été Bohémienne. Ah ! que vous étes menacée d'une belle fortune. Vous serez Marquise,

&

& Marquite Françoise, avant qu'il foit vingt-quatre heures. Cette ligne s'appelle une ligne de dignitez.

ARAMINTE.

Je n'avois jamais ouy dire que tu euffes de fi beaux talens.

MARTON.

Vôtre Dom Julien, Madame, que vous voulez donner à vôtre Niéce, fera pendu, Madame.

ARAMINTE.

Es-tu folle ?

MARTON.

Non, Madame, il fera pendu. c'eft pourtant un honnête homme, il mourra innocent ; mais pendu, je l'ai condamné à cela, & de tous ceux que j'ay pendus en ma vie, il ne m'en eft pas échapé un. Le voicy ! ne luy en parlez point Madame.

ARAMINTE.

Ce feroit un beau compliment à luy faire, je n'ay garde.

SCE-

SCENE VI.

DOM JULIEN, ARAMINTE, MARTON.

DOM JULIEN.

Vous voyez , Madame , ce que l'amour peut faire , je reste icy quand tous les autres vont au Château.

ARAMINTE.

Je suis surprise que vous n'y soyez pas avec vôtre Compagnie.

MARTON.

Avec sa Compagnie , il y a deux ans qu'il n'y a que trois Soldats.

DOM JULIEN.

Il est vray que j'ay bien perdu du monde.

MARTON.

Les uns sont morts de faim , les autres de peur , & les autres de maladie.

DOM JULIEN.

Je veux donner tout mon bien à
vôtre

vôtre Niéce. Il m'eſt deû vingt années de paye & des millions de récompenſe.

MARTON.

La belle reſſource pour une Veuve !

ARAMINTE.

Croirez-vous un conſeil que je vous veux donner ? Entrez dans le Château, & tâchez de vous faire tuer.

DOM JULIEN.

Vous moquez vous de moy, Madame ?

ARAMINTE.

Non, le plûtôt c'eſt le meilleur.

DOM JULIEN.

Elle extravague. Voyons ſa Niéce.

ARAMINTE.

On vous conſeille de vous faire tuer de peur d'accident, & vous ne reconnoiſſez pas les bontez qu'on a pour vous. Allez, Monſieur, je romps avec vous tout commerce.

SCE-

SCENE VII.

MARTON, ARAMINTE.

MARTON.

Vivat, Madame, préparez - vous
à recevoir un Marquis de consé-
quence.

ARAMINTE.

Est-ce un joly homme ?

MARTON.

Le voicy.

ARAMINTE.

Qu'il a bonne mine !

AC.

ACTE II.

SCENE PREMIERE.

MERLIN, ARAMINTE,
MARTON.

MERLIN déguisé.

JE me donne au Diable , Madame ,
ſi je regrette les Belles de Paris ,
puis qu'on trouve en ce Pays-cy des
adorables comme vous. Oh! pal ſam-
bleu, je veux faire ſouche en Flandre,
Madame , cela eſt réſolu.

ARAMINTE.
Voilà un Diſcours des plus obligeans,
Monſieur.
MERLIN.
La peſte m'étouffe , tout l'eſprit du
monde n'eſt pas à Paris. On en trouve
en Flandre.

ARA-

ARAMINTE.

Il est déja charmé de moi , Marton.

MERLIN.

Mais que vois-je ? C'est Marton ! Tu as donc fait banqueroute à la France. Ah ! tu as déserté , Marton, je te ferai une affaire.

MARTON.

Oh ! Monsieur, on ne punit point les Desertrices.

MERLIN.

Cela se devroit. Une Fille de ta force quand elle déserte fait plus de tort au service de l'Amour que vingt Soldats au service du Roy. Mille pardons, ma Princesse , où en étions-nous , Marton ? Tu as là une Maîtresse incomparable. Elle est superlativement aimable. Je vous aime, Madame , je meurs , Madame , je vous en avertis , Madame , je vous prie...

ARAMINTE.

Qu'avez vous, Monsieur ?

MERLIN.

J'ay le cœur vivement attaqué.

suis frappé là, sur mon honneur, Madame.

ARAMINTE.
Quoi ! Monsieur ?

MERLIN.
Il n'y a pas de milieu, il faut que je meure, ou que je vous épouse.

ARAMINTE.
Que les François sont pressans, Marton.

MARTON.
Ils sont tous comme cela. Dés qu'ils voyent une belle Femme, ils créveroient plûtôt que de ne la pas épouser.

MERLIN.
Ouy, ma Reine ! ce sont nos maniéres.

ARAMINTE.
Mais vraîmeut, cela est extraordinaire. Je n'ay pas l'honneur de vous connoître; vous venez icy pour la premiére fois, & vous voulez déja que je vous épouse.

MERLIN.
Demandez à Marton, nous autres jeunes gens nous aimons les mariages de rencontres.

ARA-

ARAMINTE.

Mais cet Amour eſt bien prompt, Monſieur.

MERLIN.

Que voulez-vous que je vous diſe, c'eſt un Impromptu de vos charmes & un effet de ma deſtinée.

ARAMINTE.

S'il diſoit vray, ma pauvre Marton.

MARTON.

Je croy qu'il eſt ſincére.

ARAMINTE.

Il faut qu'il y ait de la deſtinée tout cecy.

MERLIN.

Se pourroit-il, mon Adorable ?

ARAMINTE.

Un peu de trêve, Monſieur le Marquis, je vous en conjure.

MARTON.

Ne tirez plus, Monſieur, le cœur de Madame bat la chamade.

ARA.

ARAMINTE.

Je me rends, voilà qui est fi-
ni.

MARTON.

Lá Place capitule, Monsieur, dres-
sons les Articles.

MERLIN.

Il n'est pas sous le Ciel un plus
infortuné Mortel, Madame.

MARTON.

A qui en avez-vous ?

ARAMINTE.

On se rend, Monsieur le Marquis, que voulez-vous de plus ? On
se rend, vous dis-je.

MERLIN.

Eh ! ce n'est point assez, Madame, ce n'est point assez.

MARTON.

Comment donc, Monsieur, on
capitule, & vous n'êtes pas content.
Est-ce que vous voudriez nous prendre d'assaut, de par tous les Dian-
tres ?

MER-

MERLIN.

Ce n'eft pas cela Marton ; mai
j'ay un Cadet qui voudra étre com
pris dans la Capitulation.

MARTON.

Vous avez un Frére qui eft auſſ
amoureux de Madame?

ARAMINTE.

Mais je ne pourrai jamais vou
épouſer deux, comment faudra-t-i
faire ?

MERLIN.

Vous ne comprenez pas la choſe,
ma Princeſſe, le vieux fou d'Oncle
avec ſon Teſtament. . . . .

MARTON.

Que parlez-vous d'Oncle , de
Teſtament ? Que voulez-vous dire

ARAMINTE.

Expliquez-vous, Monſieur le Mar
quis.

MERLIN.

C'eſt le Teſtament d'un Oncle
mon Adorable, qui fait obſtacle à mo
bonheur.

ARA

ARAMINTE.

Comment ?

MERLIN.

Le maudit Oncle ! C'étoit un Seigneur des plus riches, qui en mourant s'eſt aviſé pour nos pechez de nous faire ſes héritiers, mon Frére & moi.

ARAMINTE.

Mais je ne voy pas, Monſieur le Marquis, que ce Teſtament ait rien de commun avec vôtre mariage.

MERLIN.

Ha ! il renferme une condition bien terrible, le maudit Teſtament.

MARTON.

Quelle condition, quoy ?

MERLIN.

Il ordonne que les Héritiers ſe ma-

B   ſieront

rieront tous deux en même jour, finoı
celuy qui fera le plus preffé, je le dé
hérite.

ARAMINTE.

Mais voilà une claufe bien extraordi
naire.

MERLIN.

Ah ! Madame, feu Monfieur moı
Oncle, eſt l'Oncle le plus bizarre &
le plus hétéroclite qu'on ait jamais vû

ARAMINTE.

Hé ! ne pourroit-on point faire caſſe
fon Teſtament, Monfieur le Marquis ?

MERLIN.

Le faire caſſer, mon Incomparabl
c'eſt le Teſtament le plus dur & l
moins caſſable qu'il y ait en France.

ARAMINTE.

Ah ! Marton, que je fuis malheı
reufe !

MAR

MARTON.

Attendez, ne vous affligez point.
Il me paffe dans la tête de petites
idées qui pourroient bien nous titer
d'embarras. Ouy !

ARAMINTE.

Qu'imagines-tu, ma pauvre Marton ?

MERLIN.

Laiffons-là faire, ma Princeffe,
c'eft une fille impayable, & qui a des
idées tout à fait juftes.

MARTON.

Ouï, fort bien, juftement le Contract
d'Angelique & de Dom Julien eft tout
dreffé depuis quinze jours, il n'y a eu
que l'impromptu du Siége qui a empê-
ché de le figner.

ARAMINTE.

Hé ! bien, Marton !

MARTON.

Il n'y a pas d'autre moyen, Madame,

vous avez une Niéce qu'il faut donner a
Cadet , vous épouferez l'aîné vous, & l
condition du Teftament fera fuivie.

MERLIN.

Vous avez une Niéce, ma Charmant

ARAMINTE.

Ouï , Monfieur. Mais vôtre Cad
n'eft peut-être pas en ce Pays-cy.

MERLIN.

Il eft allé faire un tour dans m
caroffe, il va venir me reprendre.

ARAMINTE.

Quand il viendra qu'on le faffe e
trer, Marton.

MARTON.

Et je vay tout d'un temps cherch
vôtre Notaire, Madame , afin d'expédi
les chofes.

MERLIN.

Qu'elle a les allures Françoifes, vô
Marto

Marton, les affaires ne languiffent point avec elle.

ARAMINTE.

Voilà ma Niéce, Monfieur le Marquis.

o: §&ð? (€€ð? (€€ð? : (€€ð? &§ð?o

SCENE II.

MERLIN, ARAMINTE, DOM JULIEN, ANGELIQUE.

MERLIN.

TUdieu, mon Cadet, quel friand morceau ; mais voilà un Cavalier qui la fuit, fi je ne me trompe.

ARAMINTE.

Ah! Monfieur le Marquis, c'eft un Efpagnol dont je voudrois bien être débarraffée.

MERLIN.

Je vous en déferai, Madame, ne vous en mettez pas en peine.

B 3   DOM

DOM JULIEN.

Mais rendez-moi du moins une réponse positive, Madame, je serai content.

ARAMINTE.

Ah ! que vous prenez mal les momens, Monsieur, pour hâter ce mariage que l'on a si long-temps differé.

DOM JULIEN.

C'est parce qu'on l'a tant differé, que je presse de le conclure, Mademoiselle.

MERLIN.

Vous me paroissez un importun personnage, Seigneur Espagnol.

ANGELIQUE.

Tu és Merlin déguisé, je pense.

DOM JULIEN.

Vous me semblez bien téméraire, Seigneur François, de parler à Dom Julien comme vous faites.

MERLIN.

Savez vous bien, Seigneur Dom Julien, puisque Dom Julien y a, qu'il y a icy des fenêtres.

DOM

DOM JULIEN.

Je n'entends pas ce langage-là,
Seigneur François.

MERLIN.

Vous ne comprenez pas ce que cela
veut dire. Si vous ne sortez tout à
l'heure par la porte, je vous jetterai
par la bréche. Entendez vous mieux ?

D. JULIEN.

Ha, ha, ha, ha.

MERLIN.

Mon petit Ami, Monsieur Julien.

D. JULIEN.

Ha, ha, mon petit Ami, la fierté
vous fied mal, Seigneur François, c'est
pourtant l'apanage de nôtre Nation que
la fierté.

MERLIN.

Par la morbleu, c'est trop de pa-
tience, il faut casser la tête à cet
Animal-là, Madame. *Il sort des lunetes
d'aproche.*

D. JULIEN s'enfuyant.
Misericorde.

MERLIN.

Ha, ha, ha, ha,

B 4 ARA-

ARAMINTE.

Vous portez des pistolets, Monsieur le Marquis.

MERLIN.

Non, Madame, ce n'est qu'une lunette d'aproche avec quoy j'ay fait mourir de peur vingt Espagnols en ma vie. Il ne faut pas d'autres armes avec ces gens-là.

SCENE III.

MARTON, MERLIN, ARA-MINTE.

MARTON.

Voilà, Monsieur, vôtre Frére qui arrive. Vôtre Notaire va venir, Madame. *A Angelique*, L'affaire est en bon train, Mademoiselle.

MERLIN.

A propos, ma Reine, vôtre Niéce est elle riche ? Dans nôtre Famille les Aînez ne font qu'amoureux, mais
les

les Cadets font intereſſez comme tous les Diables.

ARAMINTE.

Cela ne fera point d'obſtacle à vôtre bonheur, & je donnerai la moitié de tous mes biens à ma Niéce.

MERLIN.

Ah! que vous avez l'ame belle, Je me donne au Diable, vous meritiez de naître en pleine Cour de France. Oh, il faut que dans vôtre Famille il y ait eu quelque échapée de François; Vous êtes de bonne race ſur ma parole, mon Adorable!

ARAMINTE.

Sérieuſement, Monſieur le Marquis, remarquez vous dans mes maniéres....

MERLIN.

Voicy mon Cadet, ma Princeſſe.

B 5

SCE-

SCEN IV.

**MERLIN, CLITANDRE,
ARAMINTE, ANGELIQUE.**

MERLIN.

APprochez, mon Frére Cadet,
Approchez, & remerciez moy
bien fort, vous êtes plus heureux que fage. Tenez, voilà une
fortune que je vous ay ménagée. Le
cœur vous en dit-il ? Voyez, il
n'eſt point icy queſtion de bagatelle,
il s'agit d'épouſer au moins....

CLITANDRE.

Vous êtes mon Aîné, Monſieur,
j'ay toûjours fait aveuglément ce que
vous avez ſouhaité ; rien ne m'a jamais tant fait de plaiſir que ce que
vous m'ordonnez aujourd'hui de faire.

MERLIN.

Ils ſont bien apris nos Cadets, vos
Niécés ſont-elles auſſi bien inſtruites,
Madame ?

ARA·

ARAMINTE.
Parlez, ma Niéce, ce jeune Seigneur vous conviendra-t-il? Répondez.

ANGELIQUE.
Quand vous me commandez, Madame, je ne fai jamais qu'obéir : mais aujourd'hni, je vous l'avoüe, j'obéirai fans repugnance.

MERLIN.
Voilà des Enfans bien nez. Ah! qu'ils feront un heureux ménage! Ils ont une complaifance aveugle; procédons aux Contracts, ma Reine.

ARAMINTE.
Voicy Monfieur Griffon mon Notaire.

B 6   SCE-

SCENE V.

Mr. GRIFFON, MERLIN, ARAMINTE, MARTON.

Mr. GRIFFON.

SUr ce que Madame Marton m'a dit de vôtre part, Madame, je suis au plus viste accouru pour vous rendre mes petits services.

MARTON.

Il s'agit de faire deux Contracts de mariage, Monsieur Griffon.

Mr. GRIFFON.

Il y en a déja un tout fait, Monsieur, celui de Dom Julien peut servir, Mademoiselle Marton m'a dit de changer seulement le nom & de mettre celuy de Monsieur Clitandre. Cela est fait.

MERLIN.

Qu'elle est vive, Madame, cette Marton.

ARA-

ÇARAMINTE.

Il faut ajoûter, Monsieur Griffon, que je donne à ma Niéce la moitié de mon bien en faveur de ce mariage.

Mr. GRIFFON.

Cela ne sera pas bien difficile, Madame.

ANGELIQUE.

Ma chere Tante! que je vous ay d'obligation.

MARTON.

Je vous avois bien dit moi, que vous aviez une bonne Tante.

MERLIN.

Mr. Griffon, les François sont de grands Epouseurs, vous voyez comme la pratique donne déja.

Mr. GRIFFON.

Monsieur, ce ne sont pas les Notaires à qui ils font le plus gagner en ce pays-ci.

MERLIN.

Il faut bien que tout le monde vive, Mr. Griffon.

Mr. GRIFFON.

Voilà qui est fait, il n'y a rien qu'à signer.

ARA·

ARAMINTE.

Donnez viste Monsieur Griffon, dé-
pêchons ; Allez tôt ma Niéce : hatez-
vous Monsieur.

CLITANDRE.

Je figne aveuglément , mon Frére,
mais . . . .

MERLIN.

Hé ! figne promptement , Cadet,
figne.

ACTE II.

SCENE PREMIERE.

ARAMINTE, RICOCHET, MERLIN, LA VERDURE.

ARAMINTE.

QUe veut encore ce petit Coquin-
là ? Il ne fait qu'aller & venir.

RI-

RICOCHET.

C'est un grand pendart qui demande ce Monsieur là, ma Marraine.

MERLIN.

Comment, Diantre, c'est un de mes Sergens. Qu'est-ce qu'il y a Monsieur de la Verdure ? Que Diable venez-vous faire icy, quand vous me savez en bonne fortune ? Vous avez bonne grace de me venir détourner.

LA VERDURE.

Parqué, mon Colonel, je vous demande bien pardon ; mais on va bailler une attaque ; le Regiment est commandé pour ça, est ce que vous voudriois qu'il y allât sans vous ?

MERLIN.

Mon Regiment est commandé ?

LA VERDURE.

Ouy, Palsangué, il l'est.

MERLIN.

Ah tête ! ah mort ! ah sang ! mon Regiment est commandé, & je m'amuse à la bagatelle. Adieu, Madame,
je

n'arriverois pas aſſez tôt.

ARAMINTE.

Quoi ! Monſieur le Marquis, vous me quittez.

MERLIN.

Je ſuis François, Madame, & la gloire m'appelle.

ARAMINTE.

Eh ! vous préferez la gloire à l'amour, Monſieur le Marquis.

MERLIN.

L'amour aura ſon tour ; je vay revenir, Madame, dans le moment même.

SCEN II.

MARTON, ARAMINTE, LA VERDURE, ANGELIQUE.

MARTON.

Voilà un Marquis qui aime bien la gloire ; Comment il court a prés !

ARA-

ARAMINTE.

Je le fuivrai par tout. Marton, ne me quitte pas.

LA VERDURE.

Vous ; Morgué, où eft-ce que vous voulez aller ; Alte là , s'il vous plait, les perfonnes de la Ville à l'affaut du Château, teftigué, queu ménàge.

ANGELIQUE.

Cela ne feroit pas dans la bienféance, il a raifon, ma Tante.

ARAMINTE.

Le petit Ingrat ! qui me quitte pour la gloire ; tout autre qu'un François ne feroit pas une action comme celle-là, Marton.

MARTON.

Ne vous allarmez point ; Vous allez le voir revenir triomphant, Madame.

LA VERDURE.

Luy, morgué , vous ne le reverrez point, il a beau dire.

ARA-

ARAMINTE.
Je ne le reverrai point.

LA VERDURE.
S'il en revient, la peste m'étouffe, il sera tué sur ma parole. Je m'en vais l'enterrer, Serviteur.

SCENE III.

ARAMINTE, MARTON, ANGELIQUE.

ARAMINTE.
IL sera tué, Marton.

ANGELIQUE.
Ma chere Tante !

ARAMINTE.
Vous étes bien contente vous, ma Niéce, on ne vous abandonne point pour courir aprés la gloire.

CLITANDRE.
Je ne suis pas commandé, Madame, mon Regiment est de la Garnison.

SCE-

SCENE DERNIERE.

MERLIN, CLITANDRE, ARAMINTE, MARTON.

MERLIN en Soldat.

GRande, grande nouvelle que je vous apporte, Monſieur.

CLITANDRE.

Qu'y a t-il, Monſieur Jolicœur ?

MERLIN.

Le Château Capitule, Monſieur.

CLITANDRE.

Le Château Capitule !

MERLIN.

Monſieur le Marquis vôtre Frére m'envoye vous le dire.

ARAMINTE.

Il n'ira point à l'aſſaut, je reſpire, Marton.

MERLIN.

Non, Madame, il n'ira point à l'aſſaut;

l'assaut ; le voilà qui part pour l'Allemagne.

ARAMINTE.
Comment?

CLITANDRE.
Mon Frére va en Allemagne !

MERLIN.
Oüi, Monsieur, la gloire l'y appelle.

ARAMINTE.
Oh ! pour le coup elle a beau l'appeller, il ne partira point qu'il ne m'ait épousée.

MERLIN.
Il ne peut vous épouser qu'à son retour, il m'a dit de faire tenir le contract tout prêt. Il vous épousera en repassant, Madame.

ARAMINTE.
Il ne m'épousera qu'en repassant ! je suis trahie & j'en mourrai.

CLITANDRE.
Suivons-là pour la consoler.

MERLIN.
Hé ! bien , Marton.

MAR-

MARTON.

Tu n'expédies pas mal une intrigue.

MERLIN.

Nous faisons tout en impromptu, nous autres. M'aime tu ? dis ?

MARTON.

Si je t'aime , & le moyen de s'en défendre.

MERLIN.

Encore autre impromptu, je t'épouse, & vivent les François, Marton, il n'y a ni Villes ni Femmes qui leur resistent.

FIN.

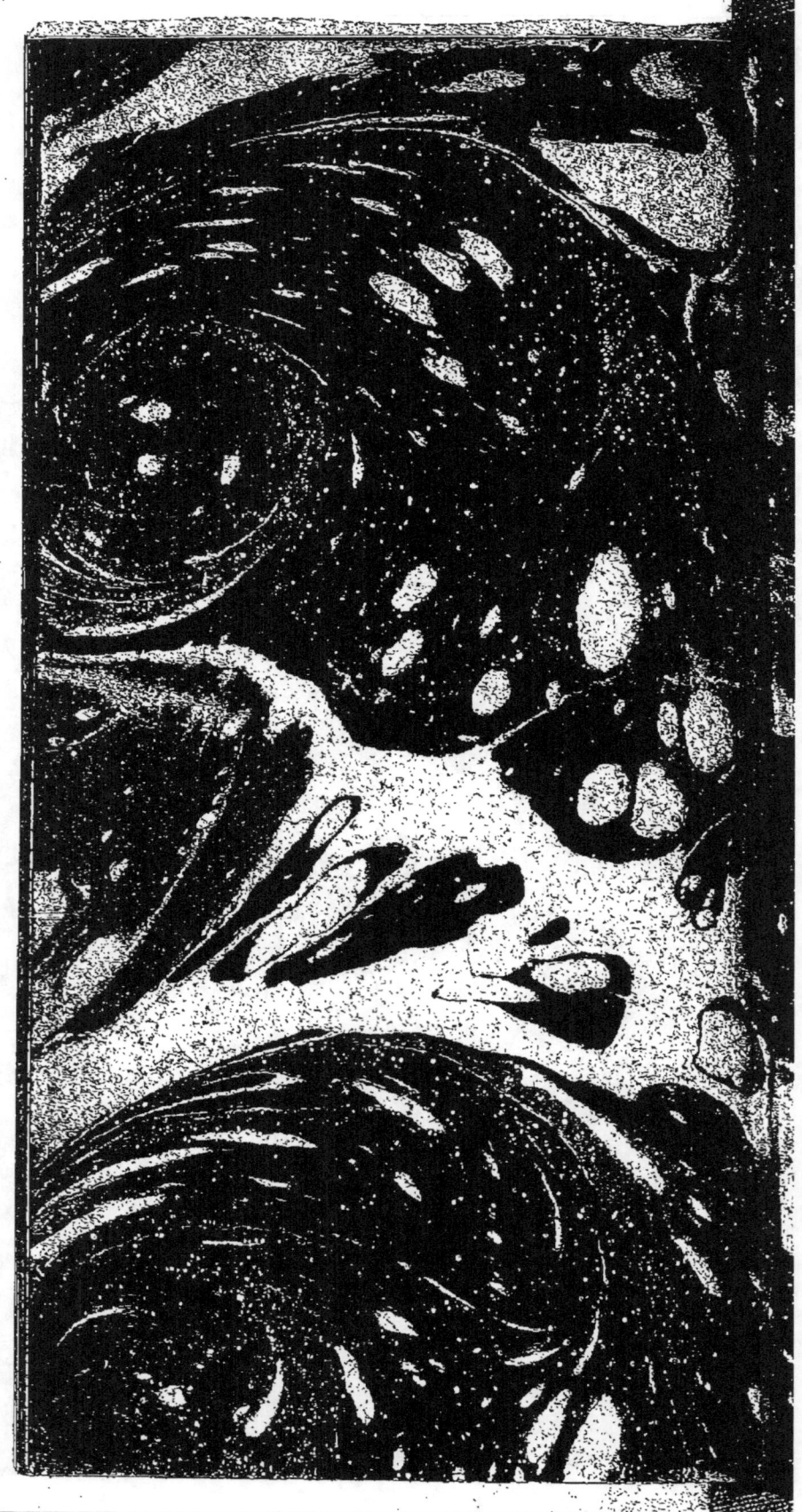

8°

14

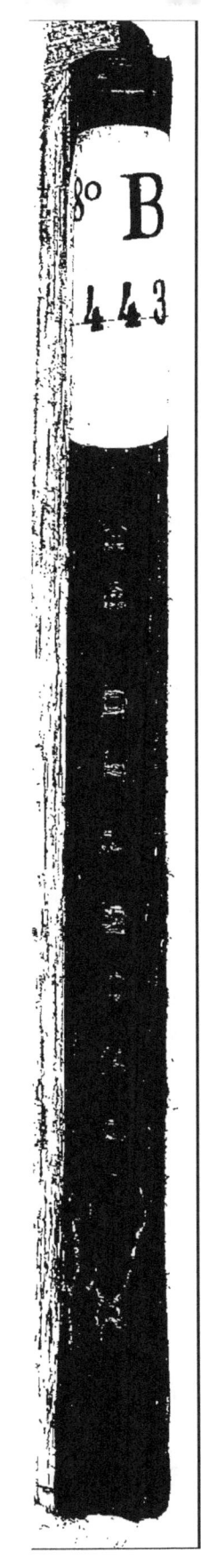